ドードー滝
ウルシじじいの木
ハイキングコース
森の小川

クルミ森のおはなし①

クルミおばばの魔《ま》法《ほう》のおふだ

末吉暁子　作
多田治良　絵

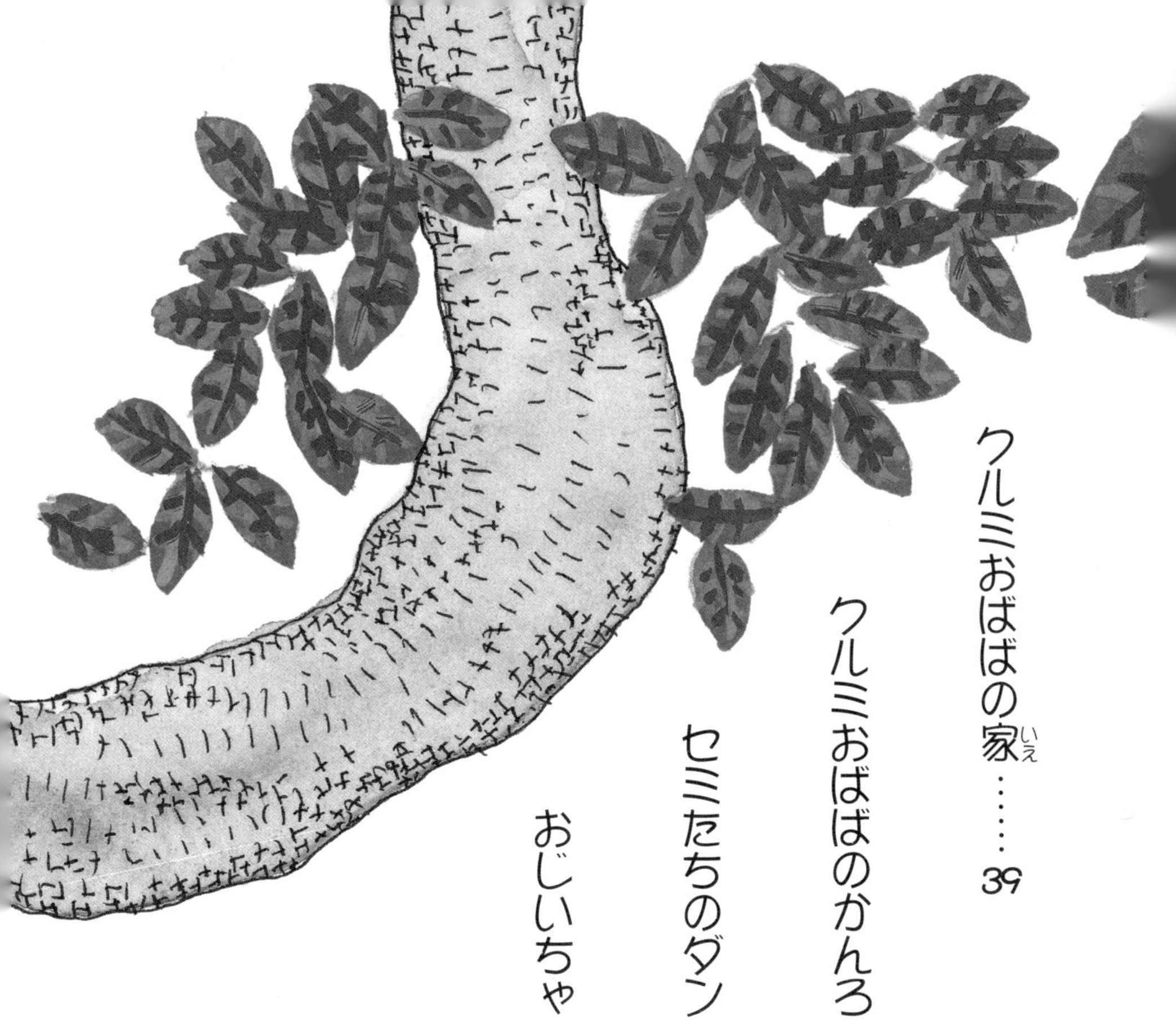

クルミ森《もり》へ

夏休《なつやす》み。

コータとお姉《ねえ》ちゃんのユカは、おじいちゃんにハイキングにつれてきてもらいました。

おじいちゃんの運転《うんてん》する車《くるま》で高速《こうそく》道路《どうろ》に乗《の》って、一時間《いちじかん》ぐらい北《きた》にむかって走《はし》ったところに、その森《もり》はありました。

クルミ森《もり》という大《おお》きな森《もり》の道《みち》を、ゆっくりゆっくりゆっくり、一時間《いちじかん》ぐらいかけて、とうげのてっぺんまで歩《ある》いて行《い》くのです。

コータは、小学校《しょうがっこう》二年生《にねんせい》。お姉《ねえ》ちゃんのユカは四年生《よねんせい》。

おじいちゃんは、コータたちのお父《とう》さんのお父《とう》さんです。

もう七十歳《ななじゅっさい》をすぎていますが、まだまだ元気《げんき》。

「おじいちゃんは、子《こ》どものころ、クルミ森《もり》のそばにすんでたことがあるんだ。おもしろいとこだぞ」

おじいちゃんは、じまんそうにいうのですが、コータは、心《こころ》のなかで

（そうかなあ。森《もり》のなかをただ歩《ある》くなんて、どこがおもしろいんだろ）

と、思《おも》っていました。

ほんとうのことをいえば、コータは、海《うみ》に行《い》きたかったのです。

学校《がっこう》のスイミングスクールで、ちょっとだけクロールがおよげるようになったところですからね。海《うみ》でおよぎたかったのです。

(ま、いいや。どこかへ行《い》って、お弁当《べんとう》食《た》べられるだけでも)

お父《とう》さんやお母《かあ》さんは、いつもいそがしくて、このままでは、どこにもつれて行《い》ってもらえないまま、夏休《なつやす》みがおわってしまいそうでしたから……。

高速道路《こうそくどうろ》をおりてから、町《まち》をぬけ、川《かわ》ぞいの道《みち》を走《はし》って行《い》くと、だんだん道《みち》は細《ほそ》くなっていき、とうとう行《い》きどまりになりました。目《め》の前《まえ》には、大《おお》きな森《もり》が広《ひろ》がっています。

「さあ、ここからは歩《ある》きだぞ」

おじいちゃんは、森《もり》の手前《てまえ》のあき地《ち》で車《くるま》をとめていいました。

コータたちが車《くるま》をおりたとたん、森《もり》のなかから、セミの大合唱《だいがっしょう》がきこえてきました。

そこはもう、まったくの別世界《べっせかい》です。

空《そら》をおおいつくした緑《みどり》の葉《は》っぱ。

太《ふと》い木《き》、細《ほそ》い木《き》、黒々《くろぐろ》した幹《みき》、白《しろ》っぽい幹《みき》。

セミの鳴《な》き声《ごえ》は、まるで森全体《もりぜんたい》がさけんでいるようにきこえてきました。

「すっごいセミの鳴《な》き声《ごえ》ね！」

ユカが、両手《りょうて》で耳《みみ》をふさぎました。

「うわ、うるさい！　まるで、音《おと》のシャワーだね」

「ははは。ユカやコータたちをかんげいしてくれてるんだよ。さあ、行《い》くぞ」

おじいちゃんは、三人分《さんにんぶん》のお弁当《べんとう》が入《はい》ったリュックを背《せ》おい、コータたちは、それぞれ水《すい》とうをかたにかけ、森《もり》のなかに足《あし》をふみいれていきました。森《もり》のなかには、ごつごつした岩《いわ》の間《あいだ》を走《はし》りぬけてくる小《ちい》さな川《かわ》がありました。その川《かわ》にそって、細《ほそ》い道《みち》が、森《もり》のおくへと続《つづ》いています。

セミの鳴《な》き声《ごえ》は、コータたちが歩《ある》いて行《い》くと、いったん、シーンとおしだまり、とおりすぎると、また、安心《あんしん》したように鳴《な》きはじめます。

コータたちは、音《おと》のシャワーをかきわけかきわけ、進《すす》んでいきました。しばらく歩《ある》いて行《い》くと、小川《おがわ》のわきに、ひときわ太《ふと》い幹《みき》の木《き》がありました。

迷路《めいろ》みたいにからまりあった根《ね》っこには、こけがはえています。根元《ねもと》から三本《さんぼん》に立《た》ちわかれたその木《き》は、上《うえ》に行《い》くにしたがってさらにいくつもの幹《みき》にわかれ、あざやかな緑色《みどりいろ》の葉《は》っぱで、完全《かんぜん》に空《そら》をかくしていました。

まるで、巨人《きょじん》がこしに両《りょう》うでをあてて、どっしりと立《た》ち、とおる人《ひと》を見《み》おろしているようでした。

「うわあ、大《おお》きな木《き》！」

「ぼくたちをとおせんぼしてるみたい！」

「すごいだろ？　これはクルミの木《き》だ。こんなふうにな、根元《ねもと》から三本《さんぼん》にわかれた木《き》は、めずらしいんだ。ふしぎな力《ちから》を持《も》ってるといわれるんだよ」

おじいちゃんは、まるでひさしぶりに友《とも》だちに会《あ》ったようにうれしそうです。

「あっ！　青《あお》い実《み》をいっぱいつけてる！」

ユカが枝《えだ》を指《ゆび》さしました。

見《み》れば、枝《えだ》の先《さき》には、葉《は》っぱと同《おな》じような色《いろ》の丸《まる》っこい実《み》が、三《みっ》つ四《よっ》つずつかさなりあって、いくつもいくつもたれさがっています。

「あれが、クルミの実《み》だよ」

おじいちゃんはいいました。

「え、あれが？」

コータの知《し》っているクルミの実《み》とは、ぜんぜんちがいます。

「クルミの実《み》って、固《かた》いからに入《はい》った、耳《みみ》くそみたいな形《かたち》してるんだよ」

「あははは！　耳《みみ》くそはひどいな」

「やだ、まずそう！」

コータが、耳《みみ》くそといったとたん、おじいちゃんもユカも笑《わら》いだしました。

笑《わら》い声《ごえ》が、森《もり》のなかにひびきわたると、クルミの木《き》の枝《えだ》までが、ザワーッとゆれました。

「それはな、実《み》じゃなくて、からのなかに入《はい》っているじんという種《たね》なんだよ。コータたちが食《た》べているのは、その部分《ぶぶん》なんだな」

おじいちゃんは、そう説明《せつめい》してくれました。

「ふうん。どっちでもいいけど、ぼく、すきじゃないな」

コータは、水《すい》とうの麦茶《むぎちゃ》をひと口《くち》飲《の》んでからいいました。

あつかったし、のどがかわいていたので、クルミよりも、アイスクリームか何《なに》かを食《た》べたい気分《きぶん》だったのです。

すると、また、クルミの木《き》の枝《えだ》がザワーッとゆれ、こんどは、青《あお》い固《かた》い実《み》がひとつ落《お》ちてきて、こつんとコータの頭《あたま》にぶつかりました。

「いたっ！」

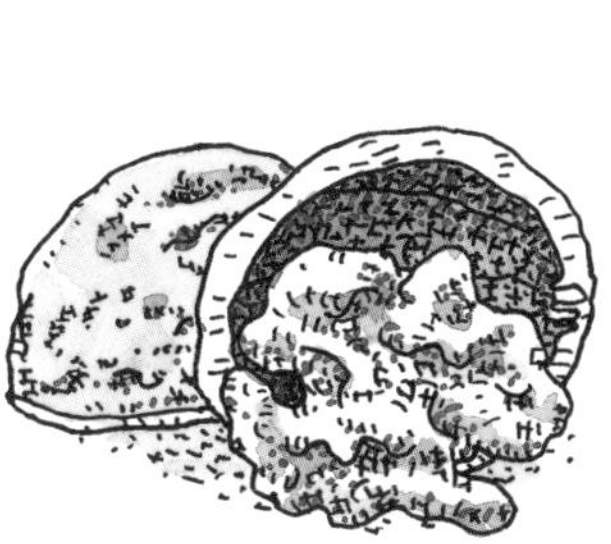

思《おも》わず頭《あたま》をおさえたコータを見《み》て、ユカが大笑《おおわら》いしています。

「あははは！　コータが悪口《わるぐち》いうから、クルミの木《き》がおこったのよ」

「うわははは！　そうかもしれんぞ。さ、行《い》こう」

おじいちゃんとユカは、わらいながら、また歩《ある》きだしました。

「まってよ！」

コータもすぐあとを追《お》おうとしたのですが、ふと見《み》るとすぐそばの木《き》の幹《みき》に、セミがいっぴき、とまっています。

「あっ、セミだ！」

セミは、木《き》の幹《みき》と同《おな》じような白茶《しらちゃ》けた色《いろ》をして、じっと息《いき》をひそめているようでした。

（よーし、つかまえるぞ！　こんなことなら、虫《むし》かごとあみを持《も》ってくればよかったな……）

そんなことを思《おも》いながら、コータはぼうしをぬぐと、そっと、セミに近《ちか》づいていきました。

ぬき足《あし》、さし足《あし》、しのび足《あし》。

サッと、ぼうしをかぶせたつもりなのに、セミは、シャーッと飛《と》んでにげていきました。

「あっ、まてまて、まてっ！」

コータは、めちゃくちゃにぼうしをふりまわしながら、追《お》いかけよう

としました。

ところが、二《に》、三歩《さんぽ》ふみだしたとたん、いきなり、木《き》の根《ね》っこにつまずいて、気《き》がついたときには、地面《じめん》につもったかれ葉《は》に顔《かお》をつっこんで、たおれていました。

もちろん、セミは、もう、どこにも見《み》えなくなっていました。

「ちぇっ、にげられちゃった」

でも、なんだかちょっとへんな気分《きぶん》です。

木《き》の根《ね》っこにつまずいたというよりは、だれかにいきなり、足《あし》ばらいをされたような気《き》がしたのです。

クルミの魔法《まほう》

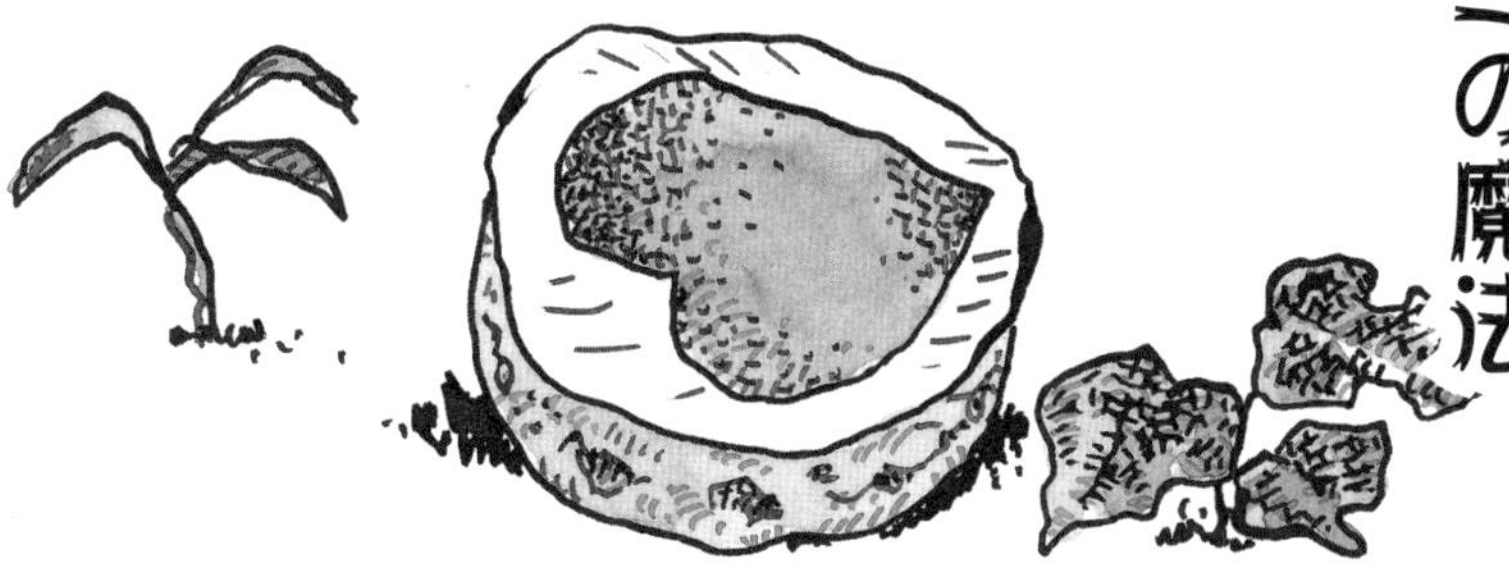

うつぶせにたおれたまま、顔《かお》をあげると、目《め》の前《まえ》に、半分《はんぶん》にわれたクルミのからが落《お》ちていました。

からのなかのじんが入《はい》っていた部《ぶ》分《ぶん》はからっぽでしたが、きれいなハートの形《かたち》をしています。

「へー、こんな形《かたち》のからもあるんだ！」

思《おも》わず、コータがクルミのからを手《て》にとったときです。どこからか、泣《な》き声《ごえ》がきこえてきました。

「エッエッエッ！」としゃくりあげるようなかすかな泣《な》き声《ごえ》。

「んー？」

コータが、クルミのからをほうりだして立《た》ちあがると、泣《な》き声《ごえ》はきこえなくなりました。

見《み》まわしても、森《もり》の木々《きぎ》やこずえがあるばかり。

「なんだ。気《き》のせいだったんだ」

コータは、もどっておじいちゃんたちを追《お》いかけようとしました。

「そうだ。このクルミのから、ひろっていこう」

ハート型《がた》のクルミのからなんて、きっとユカはうらやましがるでしょう。

コータが、クルミのからをひろいあげたときです。またもや、その泣《な》き声《ごえ》はきこえました。

「やっぱりきこえる!」

コータは、声《こえ》のするほうをふりむきました。

何《なん》にも変《か》わったものは、見《み》えませんでした。

でも、目《め》のはしっこで何《なに》かが動《うご》いたような気《き》がして、そちらに目《め》をやると、どうでしょう。

小《ちい》さな子《こ》どもが、うしろむきにしゃがみこんでいたのです。

木《き》の枝《えだ》や葉《は》っぱと同《おな》じような色《いろ》の

服《ふく》をきていましたから、ちょっと目《め》をはなすと、また、森《もり》にとけこんでしまいそうです。

泣《な》いていたのは、その子《こ》にちがいありません。その子《こ》が、かたをひくひくとふるわせるたび、しゃくりあげるような泣《な》き声《ごえ》がきこえてくるのですから……。

森《もり》のなかで、まいごにでもなったのでしょうか。

「どうしたの?」

コータは、クルミのからをにぎりしめたまま、その子《こ》に近《ちか》づいていきました。

すると、その子《こ》はびくっとしたように泣《な》きやんで、ゆっくりとコータのほうをふりむきました。

こんどは、コータが、びくっとする番《ばん》でした。

だって、その子《こ》は、青緑色《あおみどりいろ》のまるい木《き》の実《み》みたいな顔《かお》に、小《ちい》さな目《め》や鼻《はな》や口《くち》が、ちょぼちょぼとついているのです。

木《き》の枝《えだ》そのもののうでや足《あし》の先《さき》には、てのひらのように葉《は》っぱがついていました。緑色《みどりいろ》の丸《まる》い頭《あたま》には、わか葉《ば》が一本《いっぽん》、ぴょこんと生《は》えています。

コータが、思《おも》わずクルミのからを取《と》り落《お》とすと、とたんに、その子《こ》のすがたも泣《な》き声《ごえ》も消《き》えました。

「え？　どういうこと？」

もしかしたら、このクルミのからのせいなのでしょうか。

あわててコータがクルミのからをひろいあげると、やっぱりです。

目《め》の前《まえ》には、人形《にんぎょう》みたいに小《ちい》さな子《こ》どもが立《た》っていて、あんぐりと口《くち》をあけて、コータを見《み》つめているのでした。

コータも、あんぐりと口《くち》をあけながら、たずねました。

「こ、このクルミのからのせいなの？」

すると、女《おんな》の子《こ》は、コータの手《て》のなかのクルミのからをのぞきこんで、いいました。

「あ、それは、クルミおばばのおふだだ！　それで、あんた、クルミおばばの森《もり》に入《はい》ってこられたんだね！」

「へーえ、これが？」

ともかく、また落《お》としたりしないように、コータは、クルミのからを半《はん》ズボンのポケットにいれました。

「きみはだれ？　どうして泣《な》いてたの？」

「あたい、クルミっこ。クルミおばばからたのまれて、ヘータロ沼《ぬま》にお

水《みず》をもらいに行《い》くとこだったの。でも……」

そういって、クルミっこは、足元《あしもと》に目《め》を落《お》としました。

そこには、せとものかけらが、散《ち》らばっていました。

「ああ、落《お》として、わっちゃったんだ」

「うん。おばばからは、これはだいじなとっくりだから、落《お》としてわるんじゃないよって、何回《なんかい》もいわれてたのに……」

クルミっこの顔《かお》は、また泣《な》きだしそうにゆがみました。

「あたい、かけらを全部《ぜんぶ》ひろって帰《かえ》らないと……」

「じゃ、ぼく、いっしょにひろってあげる」

コータは、そういって、とっくりのかけらをひろいはじめました。

おじいちゃんやお姉《ねえ》ちゃんのことが、ちらっと気《き》になりました。いまごろきっと、コータをさがしているでしょう。

でも、目《め》の前《まえ》のクルミっこのことをほっといて行《い》ってしまうのは、あんまりかわいそうな気《き》がしたのです。

「あ、ありがとう。あの……名前《なまえ》、おしえて」

クルミっこは、まぶしそうな顔《かお》で、コータにたずねました。

「ぼく、コータ」

コータは、ちょっぴりとくいな気分《きぶん》でこたえました。

おじいちゃんは、コータが急《きゅう》にいなくなって心配《しんぱい》するかもしれないけど、こまっている女《おんな》の子《こ》に親切《しんせつ》にしてあげたと知《し》ったら、きっとほめてくれるにちがいありません。

(でも、こんな顔《かお》をしたクルミっこに出会《であ》ったなんていっても、おじいちゃんもお姉《ねえ》ちゃんも信《しん》じてくれないだろうな)

そんなことを思《おも》いながら、コータは、クルミっことといっしょに、とっくりのかけらを、ひろいあつめました。

「ありがと」

クルミっこは、あつめたかけらを、葉《は》っぱでできたスカートのひだの間《あいだ》に、ぽいぽいといれました。すると、かけらはみんな、ポケットに入《はい》るようにおさまってしまいました。

「じゃあ、ぼく、おじいちゃんたちが待《ま》ってるから……」

コータが、まわれ右《みぎ》してもどろうとすると、クルミっこは、おずおずといいました。

「あの……」

「なに？」

ふりむくと、クルミっこは、じっとコータの水《すい》とうを見《み》つめています。

「コータが持《も》ってるその入《い》れ物《もの》、ちょっとのあいだ、かしてもらえないかな？」

「え、この水《すい》とうを？」

「うん。とっくりの代《か》わりに……。だって、だって、いそがないと、クルミおばばがせっかく集《あつ》めた、朝《あさ》つゆや葉《は》っぱのしずくがかわいちゃうから……。かわいちゃうと、おいしいかんろ水《すい》ができなくなっちゃうの」

（どうしよう……）

コータは、まよいました。

だって、いくらなんでも、もうもどらないと……自分《じぶん》がまいごになってしまいそうでしたから……。

でも、クルミっこのせっぱつまったようすを見《み》ていると、いやとはいえませんでした。

「その、へータロ沼《ぬま》とかいうところ、遠《とお》いの？」

「ううん、すぐそこ」

「じゃ、いいよ」

「よかった！」

クルミっこは、心《こころ》のそこからほっとしたように、目《め》を細《ほそ》めました。

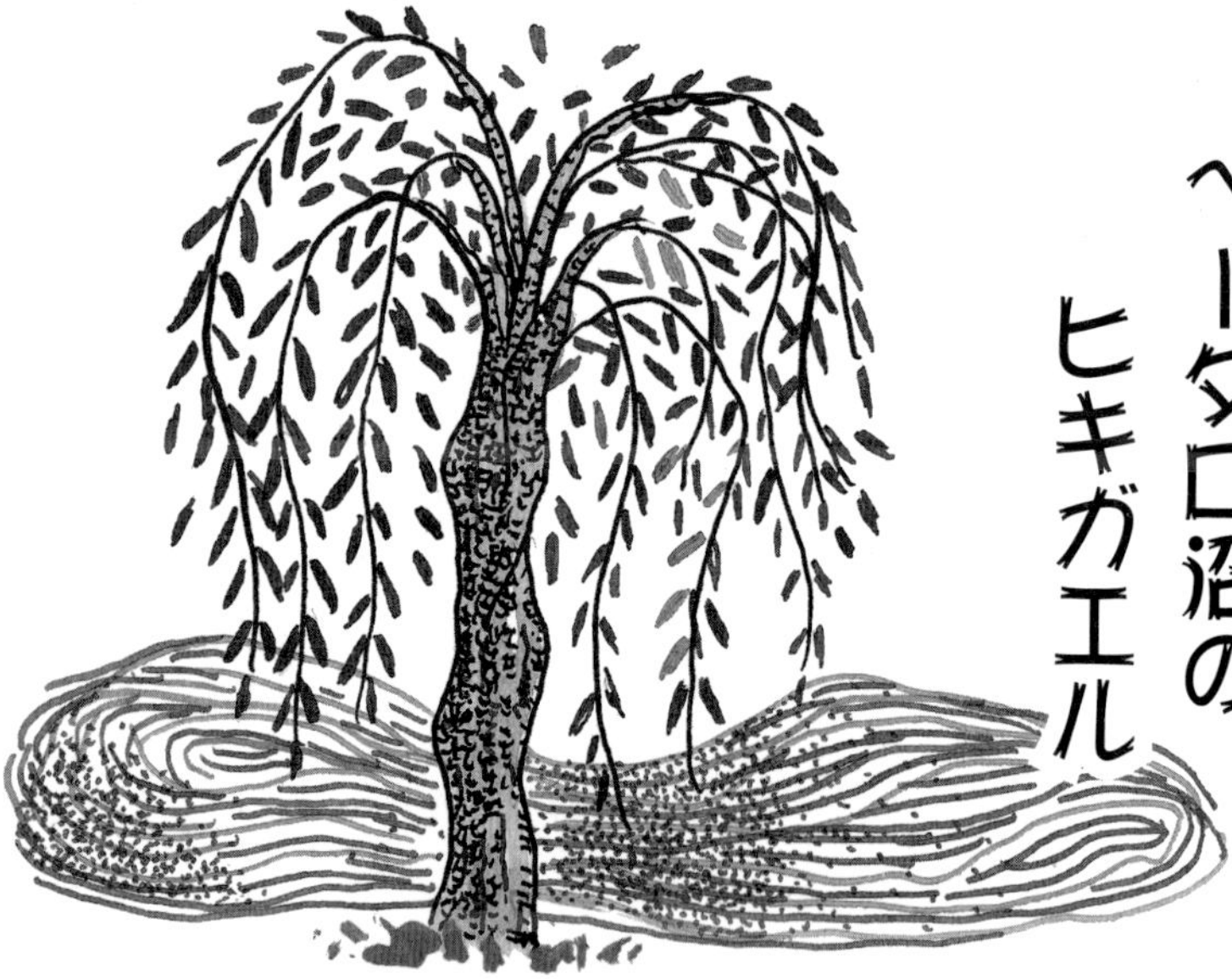

ヘータロ沼《ぬま》のヒキガエル

「ヘータロ沼《ぬま》は、あーっち、あっち!」

クルミっこは、シダやクマザサをかきわけて、とびはねるようにかけていきます。

コータは、見失《みうしな》わないように、あとを追《お》いかけていきました。

「ほら、あのヤナギの木《き》のむこう!」

クルミっこが指《ゆび》さすほうを見《み》ると、大《おお》きなヤナギの木《き》の根《ね》もとに、沼《ぬま》が見《み》えました。学校《がっこう》のプールと同《おな》じぐらいの大《おお》きさの、ひょうたんみたいな形《かたち》をした沼《ぬま》でした。

「ここが、ヘータロ沼《ぬま》」

沼《ぬま》の水《みず》は、森《もり》の木《こ》の葉《は》と同《おな》じような深《ふか》い緑色《みどりいろ》をして、しんと静《しず》まり返《かえ》っていました。

「ヘータロ！　ヘータロ！　水《みず》くれろ！」

クルミっこは、沼《ぬま》のほとりに立《た》って、水面《すいめん》によびかけました。でも、沼《ぬま》の水面《すいめん》には、ヤナギの枝《えだ》がうつっているだけで、あぶくひとつでてきません。

「おっかしいなあ。ヘータロ、いないのかなあ。クルミおばばが、かんろ水《すい》を作《つく》るんだよ！」

クルミっこがそういったとたんです。

たれさがったヤナギの枝《えだ》が一本《いっぽん》、うしろから、ぶらーんと沼《ぬま》の上《うえ》にのびてきて、先《さき》っぽにつかまっていた何《なに》かが、トポーンと水《みず》に飛《と》びこみました。

「うわっ！」

コータがびっくりして水面《すいめん》を見《み》ると、しぶきといっしょに、ぴょこんと顔《かお》をだしたのは、一匹《いっぴき》の大《おお》きなカエルでした。

茶色《ちゃいろ》っぽいからだの背中《せなか》には、いくつもいぼいぼがあります。

（ヒキガエルだ！）

コータは心《こころ》のなかでさけびました。

「あ、いたのか。ヘータロ。水《みず》くれろ」

すると、ヒキガエルのヘータロはふゆかいそうに、ぎょろりとコータをにらみました。

「だれだ？　だれだ？　こいつはだれだ？　見《み》なれないやつ。こいつはだれだ？」

「あ、この子《こ》、コータ」

「へ？　人間《にんげん》のがきか？」

「うん。でも、クルミおばばのおふだを持《も》ってるんだ」

「へ？　なんだって、こんなとこまでついてきたんだ」

「あたいがたのんだんだよ。おばばのとっくり、落《お》としてわったのを、コータはいっしょにひろってくれたんだ。とっくりの代《か》わりに、コータの持《も》ってる入《い》れ物《もの》もかしてくれるって」

クルミっこはそういって、コータの水《すい》とうをゆびさします。

「へっ、じゃあ、ゆるす」

ヘータロはそういって、いきなり、口《くち》から舌《した》をゴムみたいに、びょよーんとのばしてコータの水《すい》とうにくっつけ、ぐいとひっぱりました。
「うわっ!」
もうすこしで、コータは水《すい》とうごと、沼《ぬま》に落《お》っこちるところでした。
あわてて、水《すい》とうのひもをかたからはずしてわたすと、ヘータロは、水《すい》とうのふたをとり、アーンと口《くち》をあけて、なかみをゴボゴボと、みんな飲《の》んでしまったのです。

「へ？　なんだ、これは。にがいぞ」

「それ、麦茶《むぎちゃ》だよ」

コータは、「ぼく、もっと、飲《の》みたかったのに……」といいたかったのですが、ヘータロが、また、ぎろっとにらんだので、だまってしまいました。

「へ。じゃあ、待《ま》ってろ。今《いま》、くんできてやるからな」

ヘータロは、くるりとちゅうがえりをすると、沼《ぬま》のなかにもぐっていきました。

かと思《おも》うと、すぐにまたぴょこんと顔《かお》をだして、水《すい》とうを高《たか》くさしだしました。

「へ。くんできたど。いちばんふかい沼《ぬま》の底《そこ》のふきだし口《ぐち》から、わきたて

の水《みず》だ。ほれ！」

「わあ、ありがと、ヘータロ。これで、クルミおばばも、おいしいかんろ水《すい》を作《つく》れるよ」

「へ。たしかに、クルミおばばのかんろ水《すい》はうまい。あれ飲《の》むと、いい声《こえ》がでる。おれさまも、あとでもらいに行《い》くからな」

「うん！　まってるよ」

クルミっこは、こおどりしながら、もとの道《みち》を歩《ある》きだしました。

「よかった！　コータのおかげで、ヘータロ沼《ぬま》の水《みず》をもらえたよ。クルミおばばは、きっと、コータにも、お礼《れい》にかんろ水《すい》を飲《の》ませてくれるよ」

もどる道々《みちみち》、クルミっこは、コータを見《み》あげて、うれしそうにいいました。

クルミおばばの家《いえ》

クルミっこがもどって行《い》ったその先《さき》は、なんと、コータがおじいちゃんたちと立《た》ちどまって見《み》あげた、あの三《み》つまたにわかれたクルミの木《き》の根元《ねもと》でした。

見《み》ると、根元《ねもと》には、小川《おがわ》にむいたほうに大《おお》きなうろが口《くち》をあけていました。コータだって、なかに入《はい》れそうなほど大《おお》きなうろです。

しかも、そのうろに続《つづ》く小道《こみち》には両側《りょうがわ》にクルミのからをならべ、かれ枝《えだ》や鳥《とり》の羽《はね》でかざりつけた入《い》り口《ぐち》まであるのでした。

それは決《けっ》して、自然《しぜん》にできたものではありません。だれかがていねいに、ひとつひとつ、心《こころ》をこめてかざりつけをしたようすが、はっきりとわかるものでした。

「えーっ？　こんな入《い》り口《ぐち》があったんだ。さっきは、ぜんぜん気《き》がつかなかったよ」

でも、ほんとうに、さっきはあったのでしょうか。

もしも、こんな入《い》り口《ぐち》があったのなら、コータはともかく、おじいちゃんやユカが気《き》づいてもいいはずです。

「クルミおばば！　クルミおばば！　ヘータロ沼《ぬま》から、お水《みず》もらってきた！」

クルミっこは、コータの水《すい》とうをかかえて、さけびました。

すると、なかから顔《かお》をだしたのは、丸《まる》っこい茶色《ちゃいろ》のしわしわの顔《かお》をした小《ちい》さなおばあさんでした。

細《ほそ》い木《き》の枝《えだ》の手足《てあし》は、クルミっこと同《おな》じでしたが、おばあさんの顔《かお》は、クルミのからそのものです。

(これが、クルミおばばなんだ!)

コータは口《くち》をぽかんとあけて、おばあさんをみつめました。

「おお、まってたぞ。ごくろうだったな」

クルミおばばは、クルミっこを見《み》ると、ニカっと笑《わら》いました。

すると、クルミのからがわれるように、おばばの顔《かお》も口《くち》から半分《はんぶん》に、ぱかっとさけました。

「で、でも……あたい、おばばのとっくり、落《お》としてわっちゃった。だから、これに入《い》れてもらった。ご、ごめんなさい」

クルミっこが小《ちい》さな声《こえ》でいいながら、コータの水《すい》とうをわたすと、おばばの笑顔《えがお》は消《き》えました。目《め》も口《くち》も、しゅっとしわのなかにひっこんで、まるですっぱいものを食《た》べたような顔《かお》つきです。

「なんだって？　落《お》としてわっちゃった？　それで、これに入《い》れてきたって？」

「うん。コータが、われたとっくり、いっしょにひろってくれたんだ」

クルミおばばは、そばにつったっているコータのほうを見《み》ました。

「おや？　おまえは、さっきの……、耳《みみ》くそぼうずじゃないか」

「え？　ぼ、ぼく、コータだよ。耳《みみ》くそぼうずなんかじゃないよ」

思《おも》わずコータがいいかえすと、クルミおばばの顔《かお》は、また、ぱかっとふたつにわれました。

「カッカッカ。おまえも、耳《みみ》くそといわれるのは、いやか？」

それをきいて、コータは、あっと思《おも》いました。

おじいちゃんたちといっしょに、この木《き》の下《した》にいたとき、コータはたしかに、クルミの実《み》のことを、耳《みみ》くそみたいだっていいました。

「じゃ、じゃあ、あのときの、きいてたんだ」

いいながら、コータは自分《じぶん》の顔《かお》が赤《あか》くなるのを感《かん》じました。

「きいてたさ。森《もり》に人間《にんげん》が入《はい》ってきたときはな、森《もり》のけものも、鳥《とり》も虫《むし》も、木《き》も草《くさ》も、生《い》き物《もの》たちはみーんな、息《いき》をひそめて、人間《にんげん》たちがやることやいうことを、見《み》てるし、きいてるんだ。あたしも、この木《き》の悪口《わるぐち》いわれたんで、つい、かっとしちまってな」

「え、じゃあ、あのとき……」

「カッカッカ。固《かた》い実《み》を、おまえの頭《あたま》に落《お》としてやったのも、このあたし。足《あし》をひっかけてやったのも、このあたしさ」

そういって、クルミおばばは、かれ枝《えだ》みたいなうでを、コータの足《あし》のほうへ、ひょいとのばしました。

「やっぱり……。ご、ごめんなさい」

コータは、小《ちい》さくなってあやまりました。

「で、でも、おばば。コータは、おばばのクルミのおふだを持《も》ってるんだよ」

クルミっこが、コータをかばうようにいいました。

「ほんとか？　どれ、見《み》せてみろ」

おばばにいわれて、コータはひろったクルミのからを見《み》せました。

「ほう。なくなったと思《おも》ってたが、おまえがひろったのか。運《うん》のいいやつだ。ま、おまえは、クルミっこに親切《しんせつ》にしてくれたんだしな。いいだろ。ちょっとよってていけ」

クルミおばばは、コータを入《い》り口《ぐち》のほうに手《て》まねきしてくれました。

「でも、ぼく、おじいちゃんたちが待《ま》ってるから……」

そうです。いくらなんでも、今《いま》ごろ、おじいちゃんたちは、コータがま

いごになったと思《おも》って、必死《ひっし》でさがしているでしょう。

「カッカッカ。心配《しんぱい》するな。このクルミおばばが、ちょっとの間《あいだ》、目《め》くらましておいてやるさ」

「目《め》くらまし……?」

「よかったね、コータ。おばばにまかせておけば、だいじょうぶだよ。おばばの作《つく》るかんろ水《すい》、コータも飲《の》んでいきなよ」

コータは、クルミっこに背中《せなか》をおされて、うろのなかに入《はい》っていきました。

クルミおばばのかんろ水《すい》

「ひえー、すげえ！」

根《ね》っこでできた階段《かいだん》を、四《し》、五段《ごだん》おりてなかへ入《はい》ったコータは、またまたびっくり。きょろきょろあたりを見《み》まわしました。

思《おも》っていたより、ずうっと広《ひろ》いへやでした。

二本《にほん》の幹《みき》にあいたまどには、葉《は》っぱをつなぎあわせたカーテンがかかり、やわらかい光《ひかり》がさしこんでいました。

へやのまんなかの大《おお》きな切《き》りかぶのテーブルには、細《ほそ》い草《くさ》の葉《は》であんだレースのようなテーブルかけがかかっています。

テーブルの上《うえ》には、大《おお》きなひょうたんや、なかみをくりぬいたうりやかぼちゃのかわ、貝《かい》がらのお茶《ちゃ》わんなど、いろいろな器《うつわ》がならんでいました。

テーブルのまわりには、細《ほそ》い木《き》の枝《えだ》でできたいすやベンチ。

右手《みぎて》のまどの下《した》には、わらや木《き》の皮《かわ》をしきつめた、心地《ここち》よさそうなベッド。

左《ひだり》がわのかべぎわは、台所《だいどころ》のようでした。

流《なが》しには、細《ほそ》い竹《たけ》づつから、水《みず》がちょろちょろと流《なが》れこんでいましたし、戸《と》だなには、お皿《さら》のかわりでしょうか、つやつやした葉《は》っぱを、種類《しゅるい》や大《おお》きさごとにわけて、つみあげてありました。

へやのすみには、木《き》の枝《えだ》でできたらせん階段《かいだん》もありました。どうやら、上《うえ》にも下《した》にも、へやが続《つづ》いているようです。

「さあ、クルミっこ。とっくりのかけらを、テーブルの上《うえ》にだしな」

「あいあい。クルミおばば」

クルミっこは、葉《は》っぱのポケットから、とっくりのかけらを次々《つぎつぎ》に取《と》りだすと、テーブルの上《うえ》にならべました。

「ようし。それじゃあ、耳《みみ》くそぼうず、じゃなかった、コータ。今《いま》のうちに、このかけらをつなぎ合《あ》わせて、元《もと》の形《かたち》にしてくれないかね」

「うん、いいよ。ぼく、ジグソーパズルはとくいだから」

「たのんだぞ。それは、オオタカ山《やま》のてんぐにもらった特別《とくべつ》のとっくりだ。かけらさえあれば、われても元《もと》にもどるんだからな」

「えー？　これ、てんぐのとっくりなの？」

おどろくことばかりです。

コータはさっそく、とっくりのかけらのジグソーパズルにとりかかりました。

クルミおばばは、ヘータロ沼《ぬま》の水《みず》を、コータの水《すい》とうから大《おお》きなひょうたんにうつしかえました。

「クルミっこは、かんろ水《すい》を作《つく》るのを手伝《てつだ》っておくれ」

「あいあい！」

クルミっこは、なれたようすで、クルミおばばの横《よこ》に立《た》ちました。

「さーて、まずは、ツユクサの花《はな》のつゆ！」

「あいあい！」

クルミっこは、小《ちい》さな貝《かい》がらの器《うつわ》に入《はい》っていた青《あお》いつゆを、サッと、おばばにわたしました。

おばばは、それをひょうたんに入《い》れ、また、

「やまぶどうのしる！」

とさけびます。

「あいあい！」

クルミっこは、また、ぶどう色《いろ》の
つゆの入《はい》った器《うつわ》をおばばにわたします。

「はちみつ！」

「あいあい！」

「ふきの葉《は》っぱの朝《あさ》つゆ！」

「あいあい！」

「ドードー滝《だき》のあぶく水《みず》！」

「あいあい！」

「てんぐ岩《いわ》の水《みず》たまり！」

「あいあい！」

「ウルシじじいの木《き》のしる！」

「あいあい！」

こうして、クルミおばばは、テーブルにならべた器《うつわ》のつゆを全部《ぜんぶ》ひょうたんに入《い》れると、台所《だいどころ》のたなから、別《べつ》の竹《たけ》づつを取《と》って、なにやら、とろりとした液体《えきたい》をひょうたん

にそそぎ入《い》れました。

「カッカッカ。これが、クルミおばばのかんろ水《すい》のおいしさのひみつ。秘《ひ》伝《でん》のたれさ」

「へーえ」

コータが目《め》を丸《まる》くして見《み》ていると、おばばは、ぷちんと片目《かため》をつぶっていいました。

「なーに、このおばばのあせとなみだをためたもんだよ。これをよーくまぜるんだ。さあ、いくよ、クルミっこ！」

「あいあい、クルミおばば！」

クルミおばばは、ひょうたんをふりながら歌《うた》いはじめると、クルミっこも声《こえ》をそろえて歌《うた》いだしました。

ショキショキショキ！
シャカシャカシャカ！
シュッシュッシュッ！
クルミおばばの　かんろ水《すい》
よくふり　よくまぜ　よくまわし
おいしくな～れ　おいしくな～れ
心《こころ》をこめて
ショキショキショキ！
シャカシャカシャカ！
シュッシュッシュッ！

クルミっことクルミおばばは、何回《なんかい》も何回《なんかい》もくりかえして歌《うた》いながら、ひょうたんをふりました。

そうして、歌《うた》い終《お》わったころ、コータのジグソーパズルもできあがりました。

「できた!」

三人《さんにん》は同時《どうじ》にさけびました。

コータがもとどおりにしたとっくりを見《み》ると、おばばの口《くち》は、またまたふたつにわれて、カスタネットみたいにゆれました。

「カーッカッカッカ! じょうできじゃ。そうやっておいておけば、またいつのまにかひびわれが消《き》えて、もとのとっくりにもどるんじゃ」

「へーえ」

「それだけじゃないぞ。そのとっくりは、そこなしでな。見《み》た目《め》よりも、ずうっとたくさん入《はい》るんだよ。だから、大事《だいじ》に使《つか》ってるんだ」

「ふーん」

コータはおどろいて、ただの古《ふる》いせとものののように見《み》えるとっくりをながめました。

そのときです。

「へ？　そろそろ、クルミおばばのかんろ水《すい》ができたころかな？」

入《い》り口《ぐち》から、のっそりのっそり入《はい》ってきたのは、ヒキガエルのヘータロでした。

セミたちのダンス

「おまえさん、まったくいいころあいにやってくるんだねえ。ちょうど、できたところだよ。へータロ沼《ぬま》の水《みず》をもらったよしみだ。まずは、おまえさんに味見《あじみ》してもらおう」
クルミおばばは、ひょうたんの水《みず》を、大きなホウの葉《は》っぱの器《うつわ》に、ちょぴっとそそいであげました。
「へっ、ありがたいね。じゃあ、ゴチになるぞよ」
ヒキガエルのへータロは、舌《した》をぺ

ろーんとのばしては、かんろ水《すい》をなめました。

「へーえ、やっぱりうまいぞ。クルミおばばのかんろ水《すい》。どれ、ゲロロ、ゲロロ、ゲロロゲロゲロ、ゲロゲロゲー！」

ヘータロは、のどをふるわせて、歌《うた》いはじめました。

「へへへ。よしよし。いちだんといい声《こえ》だ」

「コータもクルミっこもご苦労《くろう》だったな。おまえたちも、飲《の》んでみるか」

クルミおばばは、小《ちい》さな木《き》のおわんに、かんろ水《すい》をついでくれました。

「ありがとう」

とうとう、コータも、クルミおばばのかんろ水《すい》が飲《の》めるのです。

見《み》れば、クルミっこは早《はや》くもおわんに顔《かお》をつっこむようにして、かんろ水《すい》を飲《の》んでいます。

「いっただきまーす！」

コータは、ひと口《くち》すすって、さけびました。

「ほんとだ！　おいしい！」

つめたくてあまくて、すーっとして、のどをとおる瞬間《しゅんかん》、せせらぎの音《おと》がきこえてきそうな感《かん》じでした。

「よかったね、コータ。あたいも早《はや》くクルミおばばみたいに上手《じょうず》にかんろ水《すい》、作《つく》れるようになりたいな」

すると、クルミおばばは、また、「カッカッカ！」とわらっていうのでした。

「まだまだ、クルミっこにゃ早《はや》い」

クルミっこが、しゅんとしたのを見《み》ると、おばばはいいました。

「でも、安心《あんしん》おし。そのときがきたら、ちゃあんと、秘伝《ひでん》のたれもわけてやるし、おいしさの秘密《ひみつ》もおしえてやるさ」

「そのときって、いつ？　ねえ、おばば。おしえて！　おしえて！」

「カッカッカ！　クルミっこの顔《かお》が、ひとかわもふたかわもむけて、あたしみたいになったときだよ」

「ほんと？」

「ほんとさ。それまでは、あたしの手伝《てつだ》いをしていておくれ。さあ、それじゃ、この夏《なつ》、おとなになって飛《と》べるようになったセミたちにもふるまってやらにゃ。ヘータロ、じまんののどでよんできておくれ」

「へいへい」

ヘータロは、また、のそりのそりとでて行《い》くと、森《もり》のこずえにむかって、のどをふるわせて歌《うた》いはじめました。

ゲロロゲロロ〜　ゲロロゲロゲロ〜
ゲロゲロゲーのゲロゲロゲー〜
こーいこいこい　セミっこたちよ
おとなになった　セミっこたちよ
はねつけて　うまれかわった　セミっこたちよ
クルミおばばが　ふるまうぞ
うまいかんろ水《すい》を　ふるまうぞ
ゲロゲロゲロゲロ　ゲーロゲロ〜

すると、どうでしょう。

森《もり》のあっちからもこっちからも、ブンブン羽音《はおと》をさせて、セミたちが飛《と》んでくるではありませんか。

クルミおばばの家《いえ》の前《まえ》には、たちまち、セミたちのぎょうれつができました。

クルミっこは、庭先《にわさき》に、葉《は》っぱでできた器《うつわ》をならべて、せっせと、かんろ水《すい》をついでまわります。

クルミおばばは、そんなセミたちにいいました。

「やっと大人《おとな》になったおまえたち、おめでとう！　これは、クルミおばばからのお祝《いわ》いだ。おばばが心《こころ》をこめて作《つく》ったかんろ水《すい》だ。いい声《こえ》がでるぞ。ひと夏《なつ》、せいいっぱい生《い》きて歌《うた》って、楽《たの》しくすごすんだぞ」

「ありがとう、クルミおばば」
セミたちは、おばばのかんろ水《すい》を吸《す》い終《お》わると、次々《つぎつぎ》に、飛《と》びあがりました。
森《もり》のこずえの間《あいだ》に、思《おも》い思《おも》いの線《せん》をえがいて、上《うえ》に下《した》に、ななめに、ジグザグに、あるいは、わをかいたり、あるいはくるりとちゅうがえりをしたり……。
森《もり》のなかは、まるで、セミたちのダンス会場《かいじょう》のようでした。

コータにとって、セミは、木《き》の幹《みき》と同《おな》じような、さえない色《いろ》をした虫《むし》でしかなかったはずなのに、今《いま》はちがいました。

セミたちのすきとおった羽《はね》が、日《ひ》の光《ひかり》をきらきらはねかえしながら飛《と》びまわるようすは、まるでふんすいのしぶきのようでした。

幹《みき》にとまったセミたちは、声《こえ》をかぎりに歌《うた》っています。

よく見《み》ると、木《き》から木《き》へと、せわしなく飛《と》びうつっているセミもいます。

それを合図《あいず》のように、木《き》にとまっていたセミたちが歌《うた》いだします。

こうして、次々《つぎつぎ》にセミたちの歌声《うたごえ》がかさなって……。

最初《さいしょ》に森《もり》に入《はい》ってきたときには、音《おと》のシャワーとしかきこえなかったセミの鳴《な》き声《ごえ》は、今《いま》は、コータの耳《みみ》にも、美《うつく》しい輪唱《りんしょう》となってひびいてきました。

ジュワワ　ジュワワ

ぼくたちは　ゆめみていたよ　地面《じめん》の下《した》で

待《ま》っていたよ　長《なが》い年月《としつき》

地上《ちじょう》にでる日《ひ》を

羽《はね》を持《も》って　生《う》まれ変《か》わる日《ひ》を

ふりそそぐ　ひかり
ささやきかける　風《かぜ》
やさしくなでる　緑《みどり》の葉《は》

ジュワワ　ジュワワ
命《いのち》のかぎり　歌《うた》おう　おどろう
愛《あい》し合《あ》おう　ひと夏《なつ》を
ジュワワ　ジュワワ　ジュワワワワワ

「わあ！　すてき！」

コータやクルミっこも、歓声《かんせい》をあげて、見《み》とれました。

「さあ、コータもそろそろみんなのところへ帰《かえ》ったほうがいいね。おまえにかりた入《い》れ物《もの》には、おみやげに、かんろ水《すい》をいれておいてやったぞ。あとで、みんなでお飲《の》み」

クルミおばばはそういって、コータに水《すい》とうを返《かえ》してくれました。

「ありがとう、クルミおばば！　じゃあ、ぼくもこれをおばばに返《かえ》したほうがいいよね」

コータが、ポケットからクルミのおふだをだすと、おばばはいいました。

「いいや、それはおまえが持《も》っていろ。また、この森《もり》にくるようなことがあったら、持《も》ってきな」

「わあっ！　じゃあ、コータは、またクルミおばばの森《もり》にこられるんだ！　あたい、待《ま》ってるよ」
クルミっこは、とびあがって、ぴょんぴょんはねながらいいました。
「この小川《おがわ》を上流《じょうりゅう》にむかって歩《ある》いていけば、おまえのおじいちゃんやお姉《ねえ》ちゃんに会《あ》えるさ」
コータは、セミたちが歌《うた》いおどるなかを、クルミっこや、クルミおばばに見送《みおく》られて、歩《ある》きだしました。

おじいちゃんの思《おも》い出《で》

クルミおばばにいわれたとおり、コータは、小川《おがわ》にそった小道《こみち》をとうげにむかって歩《ある》きだしました。

おじいちゃんたちのすがたは、どこにも見《み》えません。ぶじにみんなに会《あ》えるのでしょうか。

五分《ごふん》も歩《ある》かないうちに不安《ふあん》になったコータは、大声《おおごえ》でよんでみました。

「おじいちゃーん！　お姉《ねえ》ちゃーん！」

すると、おどろいたことに、すぐ近《ちか》くで返事《へんじ》がありました。

「コータ！　どこ？」と、ユカの声《こえ》。

続《つづ》いて、

「おお、いたいた！　あんなとこにいた！」

と、おじいちゃんの声《こえ》がして、すぐうしろの木《き》のかげから、ふたりがすがたをあらわしました。

コータが、セミを追《お》いかけて行《い》ってころんだところから、いくらもはなれていませんでした。

「あら、へんね。今《いま》まで、さんざんよんだのに、きこえなかったの？」

「ああ、おじいちゃん！　お姉《ねえ》ちゃん！　ごめん。ぼく、ちょっと……」

「んもう！　どうせ、セミかなんか、追《お》っかけてたんでしょ」

さすが、ユカは、コータのお姉《ねえ》ちゃんです。ずばりといいあてられました。

でも、ふしぎです。おじいちゃんやお姉《ねえ》ちゃんが、こんなにすぐそばでよんでいたのに、きこえなかったなんて……。

これが、クルミおばばのいう目《め》くらましなのでしょうか。

「うん、そうだけど……。それだけじゃないよ。クルミっこにたのまれて……、ヘータロ沼《ぬま》に行《い》って……」

そうです。コータが、クルミっこといっしょにいたのは、ずいぶん長《なが》い時間《じかん》だったような気《き》がするのに、ユカたちはそんなに本気《ほんき》で心配《しんぱい》していたようすでもありません。

これも、クルミおばばの目《め》くらましなのでしょうか。

ああ、なんて説明《せつめい》したらいいんでしょう。

「そうだ！　お姉《ねえ》ちゃん、ちょっときてよ」

コータは、ユカをひっぱって、たった今《いま》、別《わか》れてきたばかりのクルミおばばの家《いえ》までつれていきました。

あの家《いえ》を見《み》せれば、クルミおばばのことを信《しん》じてもらえるでしょうから……。

「ぼく、クルミおばばの家《いえ》に行《い》ったんだよ」

ところが、さっきのクルミの木《き》の根元《ねもと》には、小《ちい》さなうろがあるばかり。どう見《み》たって、コータが入《はい》れるような穴《あな》ではありません。

しかも、ついさっきは、きれいにクルミのからや鳥《とり》の羽《はね》でかざりつけをしてあったはずの入《い》り口《ぐち》には、半分《はんぶん》かれ葉《は》にうずもれた、クルミのからがいくつか落《お》ちているばかりでした。

「クルミおばばってなによ。んもう！　かってにうろうろしないでよ」

ユカは、ぷんぷんです。

(そうか。やっぱり、さっきもそうだったんだ……。だから、気《き》がつかないのは当《あ》たり前《まえ》だったんだ)

コータは、いつのまにか、クルミおばばの森《もり》からでていたのです。

いったい、いつ、クルミおばばの森《もり》からでてきたのでしょう。

コータは、わけがわからなくなって、おじいちゃんのほうを見《み》ました。

なぜだかわかりませんが、おじいちゃんなら、その答《こた》えを知《し》っているような気《き》がしたのです。

あとからやってきたおじいちゃんは、コータと目《め》があうと、ニコニコしながらいいました。

「おお、クルミおばばか。なんとなしに思《おも》いだしたよ。おじいちゃんも、子《こ》どものころ、あったことが……あるような……気《き》がするんだ。な？　おもしろい森《もり》だろ？」

「うん！」

コータは、力《ちから》をこめて返事《へんじ》をしました。

「ふたりとも、へんなの。にやにやしちゃって！　さあ、早《はや》くとうげのてっぺんに行《い》って、お弁当《べんとう》にしようよ」

「そうだ！　ぼく、クルミおばばのかんろ水《すい》をわけてもらったんだよ。お姉《ねえ》ちゃんにも飲《の》ませてあげるからさ」

クルミおばばのかんろ水《すい》を飲《の》んだら、さすがのユカも信《しん》じてくれるでしょう。

この森《もり》が、クルミおばばのふしぎな森《もり》だっていうことを……。

コータは、ポケットのなかに、クルミおばばのおふだが、たしかにまだ入《はい》っているのを、ゆびでたしかめながら、とうげにむかって元気《げんき》よく歩《ある》きだしました。

末吉暁子（すえよし あきこ）

一九四二年、神奈川県生まれ。『星に帰った少女』（偕成社）で、七七年に第六回日本児童文芸家協会新人賞、七八年に第一一回日本児童文学者協会新人賞受賞。八六年、『ママの黄色い子象』（講談社）で第二四回野間児童文芸賞受賞。九九年、『雨ふり花 さいた』（偕成社）で第四八回小学館児童出版文化賞受賞。そのほか「ざわざわ森のがんこちゃん」シリーズ（講談社）「ぞくぞく村のおばけ」シリーズ（あかね書房）「やまんば妖怪学校」シリーズ（偕成社）など著書多数。

ホームページ http://www5b.biglobe.ne.jp/˜akikosue/

多田治良（ただ はるよし）

一九四四年、東京都生まれ。桑沢デザイン研究所卒業。イラストレーターとして広告の仕事を中心に活躍中。神田神保町の書店「書泉」の栞のイラストをライフワークとしている。絵本に『クロコのおいしいともだち』『みんなでわっはっは』（あわたのぶこ 作 以上、フレーベル館）、挿絵に「おばけ屋」シリーズ（あわたのぶこ 作 小峰書店）などがある。

クルミ森のおはなし①
クルミおばばの魔法のおふだ
二〇〇九年六月 第一刷発行
末吉暁子 作 多田治良 絵
発行 ゴブリン書房
〒一八〇-〇〇〇六
東京都武蔵野市中町三-一〇-一〇-二一八
電話 〇四二二-五〇-〇一五六
ファクス 〇四二二-五〇-〇一六六
http://www.goblin-shobo.co.jp/
編集 津田隆彦
印刷・製本 精興社

NDC913 ISBN978-4-902257-15-1 C8393
80p 203×152

オオタカ山
うげのてっぺん
てんぐ岩
ータロ沼
クルミ森の入口
クルミおばばの木